찻잔을 빚는 동안

나고음 시집

서정시학

시인의 말

흙의 발자국을 따라
불 속에서 바람의 꼬리를 잡고 詩가 왔다

그을음을 내면서 가마 속을 헤매던 불꽃은
살아나와 詩가 되었다

詩를 쓰는 일이
마음을 닦는 일이라 여기었으나
돌아보면 아쉬운 마음

고마운 얼굴들을 붙잡고
여기까지 왔다

2025년 5월

차 례

2부 불꽃으로 오시는 이

3부 무염無染의 시간 속으로

1부

달팽이 2g

저울은 422g에서 420g이 되었다

달팽이와 함께 사라진 2g

집게로 콕 집어 던져 넓은 야채 더미로 왔지만
지금은 새로운 세상을 찾아가는 여정
느리지만 결코 늦지 않은 시간을 산다
살고 싶은 세상을 잠시라도 살아 본 황홀함은
전혀 다른 시간 속에 사는 것

녹색 시금치 잎에 싸여 있다가
계산대 위에서 불현듯 나와 눈이 마주친 달팽이
폭풍을 만난 듯 놀랐지만
둥글게 만 더듬이의 방향은 언제나 녹색.
녹색에 닿아 있다

내 자유, 방황, 도전의 무게

달을 낳다

달을 낳기로 했다
둘만으로는 불안하여 아이를 갖겠다는 어느 시인처럼
둥근 달을 배슬어 낳기로 했다
내 열망이, 눈물이 나의 밥알이 다 흩어지기 전에
달을 낳기로 했다

이슥한 밤 흙손을 씻고 돌아서려는데 누가 창문을 두드린다
밖엔 히스크리프를 부르는 검은 바람소리밖에 없는데
사람 소리까지 들리는
두려움마저 달항아리에 담은 밤

오늘의 땀과 꿈 모든 것이 다 사라진다 해도
이 밤은 황홀하다
첫 아이를 낳던 그 새벽처럼

나는 가난을 벗었다

우도 산호바다에 누워 하늘을 찍었다
잡티 한 점 없는 코발트가 화면에 가득 찼고
나는 하늘에 눌려 일어날 수가 없다

아파트 창문으로 본 하늘은 언제나 사각형
늘 좁은 직사각형
좁고 길었다

오늘 하늘은 끝없이 둥글고 넓다
늘 보던 하늘이 아니다
나는 오늘 가난을 벗었다

내 나이 스무 살에

나는 스무 살에 이미 늙었다
일 년에 몇 살씩 나이를 먹어가는
나를 물끄러미 지켜보았다

머리로는 토론을 하는데 손은 분필을 잡고 구구단을 가르친다
생각은 하늘을 날고 있는데 몸은 콘크리트 담장 안에서 외로이

(내 가는 길이 갱도만 같아 낮게, 더 낮게 시선을 낮추면서
아이들에겐 가슴을 펴고 하늘을 보라 했다
단단한 원석原石, 그들을 갈고 닦는 일로
내 젊음이 가버리는 게 아닐까)

두려움 속에서
숨은 그림을 먼저 찾는 아이들에게 놀라면서
조금씩 눈이 뜨이기 시작했다

되돌아보면
나는 스무 살에 이미 늙었고
그때 까만 원석이 나를 밝히고 있었다

느린 시간 , 박서보

서보 서보 느린 걸음으로*
작품 앞에서, 두어 발자국 물러섰다가 벽 끝으로 가서
수많은 직선에 부딪치며
느린 시간을 쌓는다

칠하고 긋고 다시 칠하고 긋는 무한반복
논두렁이 되었다가 계곡이 되었다가 무한공간이 되는
한 올 한 올이 경전

물먹은 한지의 수굿한 시간 앞에서
엎드린 척박한 날과 내 안의 나약함이
반듯하게 일어선다
직선으로

---
* 전기철의 하양에서 차용.

격대 사랑 취하기

덥석 잡았지, 굴러온 호박을

모셔 와서 가르치고 밥까지 먹여 모셔 드리는
완전 일방적 계약이었지만 거절할 수 없는 프로포즈

마동석을 시작으로 휴 잭맨, 브라이언 크랜스턴, 티모시 샬라메, 제나
오르테카···
개성 있는 얼굴들이 화면에 그려지며
4B 연필 몇 자루가 닳아 없어질 동안
우리의 겨울은 그렇게 달콤하게 깊어 갔지
특강이 끝나고 사춘기 수준에 맞는 영화 한 편으로 종강한
대를 건너뛴 우리의 겨울 사랑

짧은 실력이 이렇게 유용하게 쓰일 줄이야···

먼 그날은 모래바람으로 미루나무가 뿌연 솜뭉치로 흔들렸었지
12색 크레파스로는 담아낼 수 없던 어린 사생대회

옛날 그 꼬마 이 겨울 다시 살아나
재미와 성취를 다 잡아야 하는 벅찬 미션을
덥석 받아들여 함께 그렸지

빈 것의 위로

탱크는 비어 있다
돌보지 않은 듯, 돌본 듯

유적지를 배회하듯
거대한 원기둥으로 남은 기름 탱크를 둘러본다
한때 중동의 기름으로 꽉 찼던 탱크는 퍼포머들의 공연장이 되고
해체된 철판과 돌은 T2… T6로 야외 전시장, 커피숍이 되어
따뜻함을 주던 본래의 용도를 다 마친 상암동 석유비축기지엔
들꽃과 바람이 주인이다

내 안에도 꽉 차 있던 기름이 다 새어 나간 빈 통이 있다
기름은 어디선가 따뜻함이 되었다가
때가 되어 비워진 빈 탱크
들꽃과 바람 외에 무엇으로 더 채우랴
다 내어준 시원함으로 가슴이 꽉 찬다

돌본 듯 돌보지 않은 듯
비어 있는 나의 탱크

시인의 볼펜

나무 속에 연필을 끼워 둔 시인이 있어
숲에 가면 그 연필 꺼내어 나무의 말을 받아 시를 썼다

내겐 누르면 끝에 불이 켜지는 볼펜이 있어
꿈속에서도 뾰족뾰족 글싹 보이면
일어나지도 말고 그 불빛으로 시를 쓰라던
은사님의 등단 선물

두근거리며 나무의 말 받아 적던 연필
볼펜 끝에서 반짝이던 작은 불빛
사랑하여 소중히 아끼는
내 마음의 불씨

늦은 전언

출렁이는 황금 들판
수만 개의 노란 동판銅板꽃이 보도 블록을 뚫고 피어 있다

이름과 출생, 수용소와 사망일이 세세히 새겨진 사죄의 꽃
디딤돌이 된 슈톨프슈타인*
독일의 양심이 키운 반짝이는 꽃이다
상처 입은 영혼에게 그 땅의 진정한 주인에게 하는
진심 어린 사죄
보물찾기하듯 이 거리 저 거리에 핀 황금색 귀한 꽃을
부러운 마음으로 어루만진다

그 진심, 우리에겐 어찌하여 아직 당도하지 않는가
늦은 전언

하염없이 꽃을 기다린다

---

* 1996년 군터 뎀니히가 나치에게 살해당한 사람들을 기리기 위해 시작한 운동. 슈톨퍼슈타인은 독일
  어로 걸림돌. 베를린에 7,000여 개, 유럽에 60,000여 개가 있다.

네게 닿고 싶은 말

회색에 갇혔다

어두워도 어둡지 않고
밝아도 밝지 않은 회색 꿈을 꾼다
회색 공간에서 쏟아내는 말은 누구에게도 닿지 않아
자유롭고 비겁하고 무겁고 가볍다

넓은 베네세 뮤지엄에서
회색 벽만 응시하며 입이 타도록 내뱉는
조나단 브롭스키의 'Three Chattering Men'
전시장 전원이 꺼질 때까지 저들은 중얼거리겠지

팔짱 끼고 나눈 대화라는 이름의 빈말
너의 가슴 어느 구석에도 닿지 못한 나의 말들이
발밑에 소복하다

얼른 스위치를 끈다

자코메티의 묵상

정글 속 아스맛족族 아이들이 비 오는 진흙탕에서
온몸에 뻘을 뒤집어쓰고 축구를 한다
자코메티*의 움직이는 검은 조각이다

절대 고독 그의 앙상한 청동 조각 '걷는 사람 Walking Man'
끝이 어딘지 알 수 없는
어디로 가야 할지 모르는 내가
그와 함께 걷는다
긴 전시장 끝에 마련된 어두운 방
여기서부터 나의 묵상은 시작된다

갓 건져 올린 미역 줄기 같은 아이들
와자지껄 집으로 가는 검은 그림 위로 겹쳐지는
무거운 고뇌가 맥없이 부서진다
그들의 싱싱함 앞에서

---

* 알베르토 자코메티: 20세기를 대표하는 조각가.

나의 수장고

수장고, 어두운 그 곳이 나의 집입니다

나는 아직 햇빛을 보지 못했습니다
나를 찾는 따뜻한 눈을 만나지 못하였습니다

가난한 캔버스 위에 꿈을 그리며 영혼을 바쳐 완성하기까지
얼마나 힘들게 왔는지 저 어둠은 알고 있습니다

햇빛과 바람이 있는 이 날을 얼마나 기다려 왔는지
내 예술혼이 시들지 않게 보존처리가 끝나면
다시 긴 기다림 속으로 가야 합니다
그러나 포기하지 않을 것입니다
나를 기다리는 그 눈빛을 만날 것입니다
문득, 수장고로 들어가는 나의 묵은 글들이 떠올랐습니다

오늘은 내가 수장고 밖으로 나온 날입니다

햇볕 캔버스, 루이스*

낡은 초록 문을 밀고 들어가 그녀의 작은 그림 한 점을 사고 싶은 오늘

그녀는 어느 푸른 창가에 앉아 그림을 그리고 있을까
부끄럽진 않아도 불편한 신체장애를 가진 루이스
어둡고 작은 오두막집 窓은 비밀로 열린 통로
창으로 들어오는 캔버스에 가난과 외로움을 섞어
다리 너머 진흙 밭, 튤립, 꽃밭의 고양이, 그늘 아래 누운 소……
높고 그리운 세계를 그렸다

삶은 창문 한 칸의 어두운 그림
지나가는 생선장수가 유일한 고객이었으나
손바닥 만한 판자 그림은 밥과 자유를 가져다 주었지

아름다워서 왠지 슬퍼지는 그녀의 그림 한 점

---

* Maud Lewis(1903-1970): 캐나다 화가, 내 사랑』은 그녀의 실화를 바탕으로 한 영화.

노각, 그 숨은 꽃빛

비 오는 날은 비를 바라보며
비만 바라보며.

흐린 날은 구름을 바라보며
구름만 바라보며.

늦여름 무심하게 매달려 있는 노각처럼
편안한 하루가 길게 매달려 있는 오후

누렇게 바랜 듯 삼베 같이 주름 많은 껍질 속에 숨은
하얀 속살, 담백하고 슴슴한 맛이 익어간다
늙어야 제 맛이 나는 노각
아는 이만 알아주는 맛

그 맛 잊지 못해 아직 샛노란 꽃빛 간직한 채
익어 가는 오후

내가 나를 지나갈 때

터널 유리창에 비친 내 모습을 물끄러미 바라보다 나를 통과하여
지나갈 때

젊은 내가 달려와 꼭 할 말이 있는데…
아쉬운 표정으로 사라지는 나를 바라볼 때

도서관에서, 미술관 잔디밭에서 고뇌하던 젊음에서
순명 청빈 정결을 찾는 수도자의 낮은 모습에서
기억 속의 희미한 약속을 뒤적일 때

밝은 어둠 속에 내가 있다

그 섬에 그가 있었다

살가죽에 눈만 번쩍이는 그가 그 섬에 있었다

눈발이 휘날리는 길을 달려 재가 된 그를 만나러 갔다
순간 속에 영원을 살아 자신의 사진 속으로 들어간 사람
그의 렌즈는 제주에 고정되어 있었다

가난과 루게릭으로 굳어간 팔은
두모악*이 올리고 내려 주었고
몰아치는 바람은 눈비가 벌인 영혼의 춤판
부러진 가지 하나 누운 풀 한 포기마저 아픈
고독과 가난이었다

사진 속에 영혼이 있다는 말을 믿게 한 사람
신의 입김이 피운 꽃
김영갑

---

* 한라산의 옛 이름.

우산 속 하늘

나의 첫 지붕이었다
십년 만에 처음으로 가진 우산

지붕 위로 떨어지는 둥근 빗방울
모두 내 구슬, 내 노래

그 아래에서 듣는 빗소리
머리 기둥 꼬리 갖춘 악보가 되어 노래했다

어린 꿈을 동그랗게 키워 준
나의 하늘

열 살의 하늘은 분홍이었다

19*14*37,「강물에 떠 있는 내게서 떨어져 나간 꽃잎들」

2부

나 차마 말하지 못하네

너무 많아서
기교와 색깔이 현란해서 가게의 저 도자기들 앞에서는
호기심도 경외심도 사라져버리네

나, 도자기를 사랑한다고
흙작업을 한다고
차마 말 못하네

흙의 몸을 떠나 천천히 건조되고 있는 작업장의 기물들을 떠올리네
가마 안에서 화려한 불맛을 거친 초벌된 작품들
줄지어 있는 피붙이 같은 것들의 눈빛이
저들만의 간절함으로 나를 바라보네

어느새 그들의 속마음과 소통하며
들꽃 내 마음을 붓네

모퉁이에서

나의 작업은 작은 모퉁이에서 시작된다

작업장 마당에서 비 맞고 바람 맞고 있는
초대받지 못한 작품들
그냥 바라보며 버려진 쓸쓸한 뒷이야기를 모은다
어떤 것은 걸어서, 기어서
어떤 것은 날아서 온다

연두의 꿈틀거림과 눈이 마주치는 그 지점에서
구절초 밭 언덕의 물웅덩이가 되었다가
페르세우스자리 별빛이 되었다가
아도니스의 아네모네가 되었다가

작은 모퉁이는 어느새 초신성이 된다

섣부른 화해

살아 나오기만 하면 무엇이든
그저 고마워
그 어떤 것도 서운해하지 않겠다고
일렁이는 불꽃 앞에서 화해를 하고 만다

때로는 거칠지만 말랑말랑, 한없이 부드러운
그 촉감을 사랑하여…
산악자전거 위에서 뺨을 스치고 달아나는 바람맛 같은

빚는 즐거움을 잊지 못하여
사죄하는 마음으로
다시 가마 앞에 선다

국보 309호 백자 달항아리

군데군데 얼룩을 가진 도자기
흠 없는 뽀얀 보름달 그 완벽을 비껴
불의 기억을 끝내 놓지 못하여

이지러진 비대칭이 오히려 편안한
다가가 안고 싶은 보름달 하나

뜨거움을 견딘 도자기의 얼룩을 보며
고통의 쓰라림이 있어 나를 나이게 했던 상처를 돌아본다
빛나되 눈부시지 않는*
얼룩이 무늬가 된
도자기를 사랑한 시간

---

* 도덕경 58장의 광이불요光而不曜.

흙으로 빚은 마음

눈물로 빚은 3.2cm 작은 토우

고개를 숙이고 있다
얼굴을 천으로 덮은 주검은 아직 식지 않았다

고개 숙인 미켈란젤로의 대리석 피에타가
세상에서 제일 슬픈 영혼인 줄 알았는데
누군가가 주물주물 빚은
천으로 가린 피붙이를 내려다보며 우는 여인

차마 얼굴을 볼 수 없는 어미의 심정이 되어
몇 번이나 뒤돌아보던 경주 황남동 토우

길었다
비애와의 작별은

내 몸의 식은태

가마에서 꺼낸 도자기가
피시식 소리를 지르며
허연 연기와 함께
제 몸에 상처를 남긴다, 식은태*

성급히 드러내려다 생긴
설익은 아픔의 상처 내게도 있다
균열의 흔적
삶의 비명, 식은태

---

* 급격한 온도변화로 도자기 표면에 얼음이 깨진 듯 생기는 무늬.

귀얄

자유롭고 소박하고 우연한 만남이 삶이라고 귀얄*이 말하네

무심한듯 스친 붓자국이 그대 흔적이라면,
화장토에 담근 덤벙시유로 내 모습도 달라진다면,

조심스레 담궜다 꺼내도 뚝 뚝 떨어지는 화장토가 그대로 말라 굳어져
나만의 무늬로 남는다면,

우연한 그 일이 그런대로 아름다워 삶은 살아볼 만한 것이라면,
프로스트의 가 보지 못한 길이 꿈 속의 솜사탕처럼 손짓하는 달콤함
이라면.

---

* 초벌 전에 화장토의 붓자국을 그대로 남기는 기법.

하늘에 그린 수묵화

조붓한 듯 가녀린 목을 타고
어깨로 미끄러지듯 내려오는
완만한 저 설렘

백자 끈무늬 병*

아름다워. 너무 아련하여 슬프기까지 한
조심스레 가슴으로 다가와
젖은 화선지에 그리듯
획,

거침없는 한 획이 내려온다
한 생生이 온다

---

* 철화로 끈 무늬를 그려 넣은 보물 제 1060호 조선 백자 병. 나팔처럼 벌어진 입, 가는 목, 어깨에서 서
  서히 벌어진 몸. 엷은 회백색의 자연스러움이 극히 아름다움.

연적, 청자 오리모양

먹을 갈기 위한 물통으로만 쓰기엔
국보74호 청자 오리모양 연적
너무 아름다워서 아깝다

세상에
무엇으로 쓰기에 아까운 무엇이 어디 있으랴만

외로운 오리 곁에서
세한도 청정한 바람 소리
물빛 시 한 편

Moonlight

오늘밤
천목유千目釉* 입힌 짙은 도자기를 구워
까만 밤하늘에 걸어두고
번들거리지 않는 백매트로 구운 하얀 꽃잎을
어둠 속에 한 장씩 한 장씩 뿌린다

까만 밤 하얀 꽃잎 사이로 떠오르는 그믐달
깜깜한 어둠 속에서 파랗게 번뜩이는
잠들지 않은 그 눈빛을 만나고 싶다

꽃잎이 사과꽃 같은 별이 되는 오늘
까만 밤

* 천목유, 백매트: 유약.

울음 전시

울고 있다

초벌에 깨졌으니 흙도 아니고 작품도 아닌
동강난 도자기가
온전한 작품들 사이에 당당히 전시되어 있다

깨진 작품에 핏빛 칠을 해
'태초의 폭발'이란 작품의 안젤름 키퍼*
하얀 벽에 뜨거운 울음이 걸려 있다

불만 견디면 끝인 줄 알았더니
작가의 전생全生과 흙이 접신接神하는…

우는 것은 깨진 도자기인가
나인가

---

* 안젤름 키퍼(Anselm Kiefer): 독일 현대미술의 거장.

도자 십육만 대장경

장 익는 서운암 지나 금낭화 꽃길 따라 장경각 가는 길
불두화가 반겨주고 공작새도 길을 터주며
십육만 여 장의 반듯한 사각 도판이 가슴을 열고 숨쉰다

바닥에 숯과 소금, 모래, 횟가루가 깔려 있던 해인사 목판대장경 앞에서
행여 불길이나 나쁜 손길 닿을세라 가슴 조이던 걱정을 씻어준
도자기에 새긴 십육만장의 대장경

법보를 향한 대장정에
기꺼이 열정을 쏟아주신 성파스님의 손길
가마의 불꽃을 감싸준 영축산 바람벽 아래에서
범종소리에 태어난 도판 대장경
팔만사천 법문이 울리네

항아리 속에 뜨는 달

환기 미술관에 갔네
부암동 달을 가슴에 꼭 품은
그 곳은 달 박물관

달빛을 사랑하여
항아리에 물 가득 채워 놓고
달 뜨면 항아리마다 온통 달이 찼다며 좋아하던
그 날처럼

해는 지고 어두운데
달이란 달은 다 화집 속으로 들어가고
하늘엔 달이 없네

달, 우물, 그리고 여인

마지막 열차를 타기 직전, 환기는
피난처까지 가지고 가려던 항아리들을
말없이 우물에 빠뜨렸다

풍덩 풍덩
환기도 항아리도 함께 울었을…

그 달
환기의 붓끝에서
나무 위에, 산 위에, 여인들의 머리 위에

달 뜬다
달이 진다

장곡사 풍경 소리

마음 후비는 그 소리 담아 와
흙물을 부어 풍경風磬을 만든다

가볍고 얇은 몸을 뜨거운 불 속에 넣고
맑은 소리 하나만 남기고 다 태웠다

어떻게 알았을까 내가 온 줄
졸고 있는 장곡사 마당에 혼자 깨어
바람처럼 달려온
쟁그랑 풍경 소리에 찔린 내 심장

낚싯줄에 꿰어 현관에 걸어 두고
마음을 씻는
여기는 작은 부처의 뜰

병에 길어 온 달

산 속에 사는 스님이 달을 탐내어
병 가득 물 속의 달을 길어 오는
옛 선인의 산석영정중월山夕詠井中月*을 되뇌이며
달을 생각한다

이 밤을 기다려 나도 가슴에 달 하나 담아 볼까
길 따라 물 따라 가야산 소릿길을 걷는다

달을 건진 스님
절에 도착하여 병을 기울여 달을 쏟아내는
그 마음
내게로 출렁

---

* 이규보의 한시 山夕詠井中月에서,

모차르트와 함께 작업을

흙이었다가 돌이 된, 초벌 끝난 연분홍 얼굴을 매만진다
뾰루지처럼 돋은 상처를 문지르니
굵은 사포 따라 돌가루가 흘러내린다
살비듬이 떨어진다
어린 살이 쓰릴 만도 한데 고분고분하다
시집가기 전날 밤 딸아이 같이

창 밖엔 함박눈이 함빡함빡
85세 프레슬러가 젊은 모차르트를 연주하는 밤
피아노 소리

오늘 작업은 여기까지
마무리는 모차르트에게

29*16*44, 「고백, 그대 안의 시」

3부

고백 성사

죄 하나 빌려 달랜다
언제 갚을지
어떻게 갚을지 모르는
죄 하나 빌려 달랜다

성탄을 기다리는 대림절 성사를 앞두고
그는 모르고 지은 죄를 찾고
나는 알면서 지은 죄를 감춘다

하늘에서 눈이 쏟아지며
까만 죄를 하얗게 덮는 밤
오늘은 눈으로 죄를 씻는다

담요 제단祭壇

반질반질 때묻은 담요 속에 큰 사랑 둘둘 말아 감추고
우리 곁에 온 예수, 에밀 카폰*

수용소에서 손목에 찬 시계와 바꾼 군용 담요 한 장
지프차를 덮은 제단이 되어
죽어가는 병사를 위해 임종미사를 드리던

철수명령 거부하며 적군 아군 가리지 않던 벽안의 젊은 신부
병든 병사와 함께 하던 군종사제 카폰이
벽동 포로수용소에서 숨을 거두며 남긴 말

"나는 항상 가고 싶었던 곳으로 가니
나를 위해 울지 말아요"

높고 시린 하늘에 별 하나가 태어났다

---

* 에밀카폰: 6.25전쟁 당시 중공군에 포위되어 철수명령이 떨어졌으나 평안북도 벽동 수용소에서 병사
들과 함께 전사(1916-1951)하여 70년만에 유해가 확인된 미국인 사제.

의심하느냐

여기서 기도하면 뭐든 다 이루어질 것 같아.
언덕 위의 작은 성당
슬로우시티 운동의 발상지 이태리 오르비에토 작은 골목을 걷는다

아기자기한 소품가게를 지나 소박한 언덕을 천천히 오르니
낡은 그림책 속에 엎드려 있다가 가만히 눈 뜬

이탈리아에서 가장 아름다운 성당이라지?
13세기 그때나 그랬겠지.
프라하의 베드로 신부도 그랬다
작고 동그란 밀떡과 검붉은 포도주가 그의 살과 피라고?
정말일까?

번민과 괴로운 마음으로 도착한 볼세나*의 작은 지하 성당
누룩 없이 만든 하얀 밀떡을 높이 들어 거양성체 하는 그때
성체에서 나온 피가 베드로 신부의 팔을 타고 성체포까지 붉게 적시며
흘러내렸다

쓰러질 듯 놀랄 때 또렷하게 들리는 목소리

"의심하느냐"

---

* 1263년 피 흘리는 성체의 기적이 일어난 성당.

동검도 채플

일곱 사람이면 꼭 차는 동검도 채플

캔버스가 된 채플갤러리 넓은 통유리
어느새 갯벌이 되었다가 간수 짙은 바다가 되더니
빗방울이 마구 뛰어노는 난타 연주장이다

누구의 도움 없이 수시로 바뀌는
이 광활한 배경을 어찌 만들었을까
바닷물을 빼고 그 위에 갯벌을 덮고
갯벌뿐인 바다에 언제 다시 물을 채웠을까

묵상과 위로의 쉼터
유리벽 노을
오묘함의 답을 찾는다

요셉신부 서품식

풀 먹인 옥양목 탱탱한 다짐이 서늘한
한낮의 명동 성당

정갈하게 표백된 순백의 사제복이 눈부시다
핏빛 제단 위에 낮고 길게 엎드려 하늘로 날개를 편다
세상에 죽고 약속에 살리라
불혹의 나이에 선택한 길

아들을 봉헌하는 부모님을 향한 박수 소리에
하늘도 우렁찬 박수를 보낸다
때 아닌 스콜이다

나를 밟아라

목판으로 된 '밟는 그림'을 본다
해마다 새해가 되면 관청에 가서
예수와 성모의 얼굴을 밟고 지나가도록 강요받았고
철저하고 매운 그들의 박해에 신자들은
귀한 몸을 밟아야 하는 자신의 발을 밤새 씻고 또 씻었다
어떡하든 살살 밟으려 온 몸을 긴장하며 애썼지만
그날 밤은 오열하며
주님을 밟은 아픔에 눈물과 통회로 밤을 새웠다

'나를 밟아라
나는 밟히기 위해 이 세상에 왔다
너의 아픔만으로 이미 충분하다'

바닷가 작은 마을 소토메*
소토메에 많은 성직자가 나온 것은
눈물의 열매

---

* 일본 가톨릭 성소의 못자리라 불리는 마을.

103위 성인

"나를 모른다고 해
어서 나를 밟고 지나가. 더는 볼 수가 없구나
쇳조각 달린 가죽 채찍으로 내가 매 맞고 피 흘리던 때보다
더 견딜 수가 없구나"

님이시여, 이제 내 손을 잡아 주오
순간을 버려 영원을 얻은 103개의 빛나는 별들*
몇 생을 돌고 돌아 별이 된 아름다운 분들이여

당신을 거부할 수 없어 무참히 목이 베인
47세 김성우 안토니오 성인 할아버지
당신처럼 뜨겁게 살지도 못하고
은총의 강물 위에서 그저 흘러가는

이제 제 손을 꼭 잡아 주오

---

* 혹독한 박해를 이긴 103위 성인 (남56, 여47)

포도

까맣게 익어 입 안에서 톡, 터지는
그 달콤함을 사랑하여 가을이 다 가도록
나는 당신의 볕바라기

둥글게 내 안에 머무르라고
뜨거운 햇볕 속에서 세상 모든 말을 익힌 포도는
'이미 당신으로 가득 찬 방'

넓은 초록 속에서
당신이 흘리는 낮은 목소리를 들으며
기다려 온 시간들

가을이 다 타도록 설레임으로 익은
나는 당신의 까만 눈동자

세도나 붉은 눈빛

거대한 가마에서 테라코타로 빚어 갓 구워 낸 도시, 세도나*
온 마을이 끓고 있다

낮은 언덕에 자리한 신비로운 세도나 성당
나선형 계단을 가만 가만 내려가면
미처 몸을 따라가지 못한 영혼들이 웅얼웅얼 모여 있다
자신의 한계를 뛰어넘으려는 이들이 제 영혼을 만나는 시간이 오면
도시는 최면에 걸린다

붉은 도시를 떠나면서
나를 배웅하는 저녁놀 속으로
신성한 눈빛이 따라오고 있었다

---

* 애리조나의 붉은 사암으로 된 휴양도시. 아메리카 원주민들의 성스러운 땅.

광활한 우주, 사유의 방

고요가 감싸고 있는 반가사유상 만나려 좁은 통로를 걷네

78호 백제의 미소와 83호 신라의 미소가 어우러진
별들이 총총히 박힌 우주로 들어서니
넘쳐도 흐르지 않는 미소가 반겨 주네
생노병사 다 거치고도 왜 미소인가 못내 궁금하였네

관객과 배우가 서로의 눈떨림까지 볼 수 있는
24m 길이의 방에서 조리개를 켠 내 눈과의 거리는 3.8m
한 눈에 두 분을 담을 수 있는 최적의 찰나,
오로지 사유의 정적 속에 벼려진 채,

부드러운 금동 옷 속으로 36.5도 체온이 서로 통한 듯
반가사유상, 그 곁에 나 홀로 앉아 있네

젖은 길상사에서

부처님보다 백석과 자야를 더 생각하며
눈이 푹 푹 나리지도, 하얀 당나귀가 울지도 않는
비 오는 유월의 길상사

열려 있는 일주문
어머니 엷은 미소로 반겨 주시는 관음보살 앞에서
비 때문인가, 울컥한 마음
열리지 않았던 그 마음을 보셨는지
관세음보살 지장보살 협시한 극락전 아미타불 앞
더 깊어진 부처님 미소에 화분 속 연꽃이 따라 웃는다

육신의 옷을 가장 잘 벗는 길을 알려주신 법정스님은
진영각 낡은 장삼 속에서 말이 없고
빗소리 따라
도회 속 젖은 산사를 걷는다

청자음각 연꽃 능클무늬 매병*

가을 소나기 지나간 한 조각 하늘빛이다

오로지 청자에만 빠져들 수 있게
카멜리앙의 블루셀라돈이 잔잔하게 흐르고
청록 영상에서는 보글보글 기포까지 솟아나와
청자멍을 돕고 있다

도공은 혼신의 힘을 다해 허리에서 가슴까지 흙을 뽑아 올려
뜨거운 숨을 불어 넣었지만
감상하는 눈은 가슴에서 허리로 매병의 관능미에 취하고

그대는 숨겨진 비색翡色, 비색秘色,
연꽃 넝쿨에 가려진 얼굴
홀로 만났네

---

* 국보 97호. 매병은 아가리가 좁고 어깨가 넓으며 갈수록 홀쭉해지는 병으로 고려만의 독특한 아름
다움이 있음.

누더기 옷, 가사

스님의 가사袈裟는
누더기 경전

자신을 돌아보는
단추 달린 거울

괴색壞色에 담긴 절제의 향이 밴
옷 이상의 옷

나무껍질, 과즙, 녹물, 흙물로 색을 입히고
버려진 천이나 시신을 쌌던 천, 꿰맨 조각이 많을수록 귀한 옷

산사에서 녹차를 앞에 두고
좋은 옷만 취해 온 부끄러움을
작은 보리수 잎으로 덮는다

끝말잇기

여행을 갔다
무엇을 먹었는지 무엇을 보았는지 기억나지 않지만
넷이 한 방에서 잔 것은 두고두고 생생하게 남아있다

방 가운데를 뎅그러니 비워 두고 넓은 방 가장자리를 따라
한 사람이 머리 다리로 누우면 다음 사람이 다리 머리. 다시 머리 다
리…
각자 네모난 벽을 하나씩 껴안고 잤다

이중섭의 좁지만 따뜻한 제주 부엌방이 떠올랐다

동그랗게 비어 있는 방 가운데에서
화톳불처럼 타닥타닥 타오르던 이야기들

지금도 타오르고 있는
별이 되신 선생님의 얼굴

하얀 재로 남을

넓은 전시장 바닥에 누워있는 글자가 연결된 심지를 따라
쉬임 없이 타고 있다

젠틀맨, 라이언, 21세기, 방가방가, 휘, 오우, 열애……
수많은 녹색 나선형 모기향을 빻아서 만든
게이 바 간판들
불이 닿자 초록 글자는 금방 하얀 재로 변하는
다 태우고야 끝날 뼈들의 항거

섬찟한 사랑이 들불처럼 번지는
매운 연기로 가득한 전시장 안
코를 막고 기침을 하며 타고 있는 글자를 따라
그 사랑의 끝을 본다
흩어져 바람에 날아갈 뼛가루들
완전 연소된 사랑을

방산 선생님의 초상화
— 선생님을 보내며 2023. 6. 10

난생 처음 휠체어를 밀었다
몸은 가벼웠고 햇볕은 무거워 야윈 고개가 더 숙여졌다
총총하던 눈을 내리 깔고 목소리마저 안으로 감기셨다
현관 문턱에서 잠시 주춤하자 "세게 밀어 더 세게 "

선생님은 그렇게 이승의 문턱을 넘으셨다
그 길은 짧고도 길었다
그리운 마틸다를 만나러 가는 길이 쉽지는 않았지만
정신을 가다듬어 다시 만나기로 한 그날을 기억한다

늘 기침 속, 연기 속 그 눈빛과 웃음을 하얀 종이 위에 그린다

눈 코 입… 그리고 지우고 다시 그린다
연기 없는 담배에 가늘게 연기를 그려 드리니 선생님 웃으신다
맛있게 피우시던 모습 다시 살아난다

웃으시는 얼굴에 나직이 작별 인사를 드린다

(35*20*53)*3, 「갯벌, 일어서다」

4부

미련 없이

'미'에는 물의 의미가 있다지
'미나리, 미더덕, 미꾸라지, 미역감다'에서 보듯
'미'는 '밑으로, 미끄러지듯, 미련 없이
미련 없이… 란 뜻도 있어

강을 사이에 두고 그와 나는 서로의 물결로
미끄러져 갔다

물에 잠긴 미나리를 만지며
강물에 미련을 담아 흐르는 동안
그물 사이로 그 미련마저 빠져나가고
우리는 서로를 잊었다

돋보기로 메뉴판 글자를 보는
그럴듯한 중년이 되기까지
미련 없음이 얼마나 미련했었나를 알기까지
밀었다 당겼다 하며 살았다

'미'에는 '미련 없이'란 뜻도 있어…

미술관 옆 저수지

미술관 나와서 저수지 가는 길
줄지어 선 측백나무가 살랑살랑 책장을 넘긴다
초록 책갈피 속에 방금 본 그림들 허백련, 도상봉, 권옥연…
반갑고 귀한 작품들을 하나하나 나뭇잎 책갈피에 새기는
별처럼 반짝이는 화집 한 첩

관람객 없는 시골 미술관
한 사람을 위해 불을 켜 준 따뜻한 얼굴을 뒤로 하고
흠모하던 큰 별들과 함께 걷는 시골길

오늘밤은 저수지에서 빛나는 저 별들과
그분 화가들이 도란거리는 소리를 듣는 밤

청보리가 꽃보다 환하다

아픔이 덧나는 이름, 허난설헌

낮고 그늘진 이 집에
오늘 햇살은 왜 이리 밝고 따사로운가

먼저 간 어린 피붙이들을 보며 누워있는
그녀를 만나는 것은
딱지 앉은 상처를 덧나게 하는 일

꽉 막힌 남자의 아내로 살다 간
그녀의 재능 자유로움 불운이 한 박자로 엉긴…

핸드마이크를 든 안내원 따라
한 무리의 관광객이 떠들썩 사라진 후
슬픔처럼 몰려 든 고요

허초희
그녀를 둘러 싼 빈 집의 적막을 헤집으며
액자도 없는 평판에 새긴, 소박한 현판을 보는 애잔함 속
그녀를 만난 젖은 하루

덕적도 추억

세한도가 걸려있는 주막을 뒤로 하고
함께 걷던 비

나를 바다를 안고 바람을 뚫고 걸어간다

섬이 게워 낸 안개로 최면에 걸린 관능

뻘 밭에 엎드려 세월을 줍던 아낙들도
뻘 속 같은 집으로 돌아가고
꿈의 무덤만 구멍 속에 외롭다

섬은 얼마를 더 젖어야 가라앉는 것일까?

붉은 사랑, 화살 나무

내 사랑 여기 다 쏟아져 있네

너의 이름 다시 부르는 순간
젊은 심장 울렁거려 한참을 머물렀네

예쁘지도 진하지도 않았던
그 사랑 주체 못해 설레었던 기억
나무마다 꽃 같이 붉은 잎 다 쏟아 낸 모습
그때 내가 이렇게 붉고 진하게 물들었더라면

나무는 붉은 꽃잎, 그 사랑 먹으며 살고
사람은 붉은 사연, 그 사랑 추억하며 살고

캡슐 속 다듬이 연주

라벨의 피아노 협주곡 G장조에서 '휘프'라는 타악기를 처음 만난 날
딱 딱 소리를 따라 기억 속으로 들어가
어머니의 다듬이 소리를 듣는다

악보도 가사도 없는
다듬잇돌과 방망이가 만든 달밤의 야상곡
고음에서 저음으로 밤하늘에 퍼져 나가고
그 소리를 들으며 어린 나는 잠이 들기도 했다
외사촌 언니와 마주 앉아 협주를 할 때도
두 연주자는 방망이가 서로 부딪치는 일도 없이
어둠 속에서 말없이 서로의 한을 풀어내었던

라벨이 불러온 어머니의 다듬이 소리

안도 다다오와 비

마침 비가 오고 있다
그도 비를 좋아하는구나

제주의 검은 돌, 노란 꽃, 파란 바다
빛과 바람에 비벼 만든 집이 비 속에 아름답다
긴 전통 담장길을 걸으며
발걸음을 센다
물방울을 센다

무채색 시멘트 벽도 이리 따뜻할 수 있구나
기와지붕 곡선 아래의 검은 석벽을 캔버스 삼아
사록사록 흘러내리는 비
완벽한 설치 미술

본래의 모습, 본태本態의 비를 가장 아름답게 나타낸*
그 안에 숨쉬는 조선의 얼, 한국의 멋 본태박물관에

비가 내리고 있다

---

* 안도 다다오가 설계한 본태 박물관.

황홀한 초대, 이건희

'물건을 수집하는 것은 그 안에 담긴 이야기를 불러 모으는 것'

권진규의 테라코타 붉은 문을 열고 들어가면
지금은 가고 없는 그의 주먹코와 툭 튀어나온 민머리
길게 늘어진 귀로
내 마음을 읽고 속을 헤아려 줄 이가 석인상인 듯
문 앞에 나와 있다
나는 그의 흔적 위에 서 있다

애타는 기다림이 봄의 나목이 되어 박수근과 함께 있고
물에서 건진 달이 백자 항아리가 되어 환기와 함께 있다
모네의 수련이 숨 쉬는 집에서는
선한 물결의 숲 속을 헤맨 시간

한 사람의 일생을 초월하여 사람들을 불러 준

그의 초대는 황홀했다

그녀의 누드화

늘어진 가슴과 접힌 뱃살
여성적인 성적 매력에 익숙한 누드화와는 달리
동네 목욕탕에서 본 듯한 친근한 모습을 한
수잔 발라동*의 두 여인을 본다

고개를 떨구고 수심에 찬 얼굴로 앞에 앉은 여인을 위로하고 있다
남의 시선엔 상관없이
마치 경험한 적 있는 아픔인 양
서로를 피하지 않는 담담한 시선

프리다칼로를 떠올리는 굴곡진 삶을 그린
한 폭의 누드화에서
그녀들만의 진솔한 위로가 가슴에 접힌다

---

* 수잔 발라동의 목욕하는 여인들(1865-1938). 프랑스 여류화가.(공장, 시장, 서커스단 등 가난한 어린
  시절을 보내다 모델, 화가가 됨)

태조의 어진, 떨리다

바람이 그 얼굴을 어루만진다
설익은 단풍이 일렁이는 경기전慶基殿 안채

맑은 바람 앞의 시간은 조선에서 멈춘다
감히 나라님의 용안을 마주 보는 상상인들 했을까
옥선관 쓰고 청용포로 단장하고 허리에 각대차고 흑하를 신으신
태조의 집무복 앞에 서니
경건함에 예禮가 빛난다

터럭 한 올이라도 같지 않으면 그 사람이 아니라는 긴장감으로
금가루를 아교에 갠 안료를 비단에 그리고 다시 금박을 입혀
여백을 살려 내면까지 드려낸 배채기법
엥그르의 전신사조傳神寫照*화법이 여기에서 시작된 거였네

* 외형 뿐 아니라 인물의 내면 인격까지 담아내는 앵그르 화풍.

바람이 그린 그림

화담숲 계곡길에 금 가고 깨진 늙은 바위가
불안한 자세로 어린 바위를 업고 있다

바위 틈 좁은 공간에 뿌리내린 매화말발도리는
세상 모르고 팔랑거리고
위태로운 바위 몸통을 담쟁이가 팔을 뻗어 감싸고 있다
늙은 집 한 채를 힘겹게 지탱하고 있는
사방팔방 갈퀴 같은 손

힘없는 가장과 철모르는 자식을 거느린
어머니가 바람 속에 매달려 있다

동갑내기

수장고에서 꺼낸 1758년 무인년 22명 동갑내기들을 그린
수갑계회壽甲楔會* 한 장을 따라 조선시대로 간다

갓 쓰고 긴 담뱃대 물고 담소 나누는 52세 동갑내기 친구들의 잔치
흥을 돋우는 악사들 사이로 하인들, 음식과 술상을 나르고
열린 대문에 모인 구경꾼, 아이를 안고 어르는 여인들 얼굴
모두 함박꽃이다

둘러앉은 사람들의 훈훈함에 끌려
헤치고 들어가 그 속에 함박꽃처럼 끼어 앉고 싶은

조선시대 동갑내기 그림 한 장

---

* 무인년(1758)생 22명의 동갑 중인들의 친목모임을 기념하여 그린 계회도. 중인들의 결속력과 일상의
  모습을 담은 조선후기 풍속화.

주산지 왕버들처럼

그녀를 닮았다

단단한 암석 위에 뜨거운 화산재가 엉겨 붙고
응화암과 퇴적암이 흘려 보내는 물로
저수지는 메마르지 않고 수량은 풍부하여 늘 찰랑거린다
그 물에 발 담그고 노는
행복한 왕버들을 품고 있는 주산지

그녀는 깊다

결코 마르지 않는 물이어서
흔들리지 않는 믿음을 가슴에 품고
필요할 땐 언제나 내어 준다

반백 년 넘게 흘러온 우리의 강
언제 만나도 하루 해가 짧다

나의 어린 나무에게

어린 대추나무 아래에서
십 년 후의 바람을 마신다

어린 아들 대문 열고 쵸코우유 바나나 우유 꺼내 오듯
그렇게 웃으며
주렁주렁 탐스런 열매를 따 올 수 있을까

아이의 아이들이 하얀 이로 와드득 깨물어
달디단 열매를 먹을 수 있는 날을 기다리며
어린 나무 앞에 선다

소소원* 잘 삭은 검푸른 흙을 지붕 삼아
나의 하루가 고요히 저물어 갈 때
바람의 손을 잡은 별이 내려와 자고 있는
나의 대추나무

---

* 나의 대추나무가 있는 청양 나무동산.

마음바다에 노을꽃 뜨다

몰운대 바다에 해일이 인다

의상대사에게 관음보살을 안내한 파란 새처럼
안개는 꿈틀거리는 수평선으로 나를 인도한다

진달래의 설렘도, 초롱꽃의 폭우도 다 향기 속에 담아
시간의 찻잔 속에
나만의 꽃잎으로 피어나는 노을
바다꽃밭에 서서히 잎을 펼치며 하늘까지 물들이는
노을꽃
붉은 동산

바다는 파란 새가 사는 감추어진 땅
날마다 붉게 피어나는 꽃밭

지리산 봄날

떨어진 피가 다시 꽃이 되어 동백

내 사랑도 저리 붉었던가
매달린 꽃도 떨어진 꽃도 충혈된
외롭게 피고 지는 고요가 겨운 자리

떨어진 꽃잎
처연한 눈빛으로 바라본다

지면서도 피는 동백

'당신'의 손자국을 기리는 법

최현식(문학평론가, 인하대 교수)

나고음의 시집 『찻잔을 빚는 동안』을 한 문장으로 꿰어본다면 파아란 '불꽃'(2부)의 절절한 울음을 지나 희디흰 '무염無染'(3부)의 얼룩으로'가 될 것이다. '불꽃'과 '무염'의 상호 전환과 통합은 신화학자 엘리아데의 말을 빌리건대 "거룩한 것은 탁월하게 현실적"이며, 덕분에 저 둘이 "생명과 풍요의 원천"으로 자리 잡음을 또렷이 확인시킨다. 물론 그 주변과 언저리에는 시인의 삶과 예술에서 처음의 '미약'과 마지막의 '창대'를 증언하는 "나의 네모"(1부)와 "흩어진 꽃잎"(4부)들에 대한 아픈 연민과 뜨거운 애정의 손자국들이 무수히 찍혀 있다.

전자에는 "설익은 아픔의 상처"로 인해 "삶의 비명"이 참을 수 없이 저지른 "균열의 흔적"(「내 몸의 식은태」)이 가득하다. 후자에는 "사방팔방 갈퀴 같은 손"으로 "늙은 집 한 채"(「바람이 그린 그림」)를 힘겹게 지탱하는 "외롭게 피고 지는 고요"(「지리산 봄날」)가 처연하게 흐른다. 그러나 "나의 네모"와 "흩어진 꽃잎"들은 "물건을 수집하는 것은 그 안에 담긴 이야기를 불러 모으는 것", 그럼으로써 "한 사람의 일생을 초월하여 사람들을 불러"(「황홀한 초대, 이건희」)주는 것이란 삶과 예술 최후의 심지와 손자국을 우리에게 아릿하고 황홀하게 흘려주느라 바쁘다. 그 결과 벤야민이 '얘기꾼'의 뛰어난 능력으로 말했던 의사소통의 방법, 그러니까 보고자의 삶 속에 사물을 침잠시킨 뒤 한참 기다려 그 사물을 보고자의 성숙한 내면에서 다시 꺼내 드는 값진 통찰을 얻기에 이른다.

그 정점에 "결코 마르지 않는 물"이 "찻잔"에 담긴다는 것, 나아가 "흔들리지 않는 믿음"(「주산지 왕버들처럼」)을 내면 깊이 품고 그 "찻잔"을 필요로 하는 이 모두에게 기꺼이 나눠주는 배려와 연대의 감각이 자리한다. 나고음은 이것을 두 길의 고통스럽고도 희열에 찬 병행을 통해 실천하고 시의 세계로 안내한다. 하나가 예술가로서의 실존적 삶을 아프게 밟아가는 것이라면, 다른 하나는 성스럽거나 초인간적인 존재들의 삶을 미쁘게 공유하는 것이다. 그 첫 자리에 "기교"와 "색깔"이 현란한 상품-"도자기"에 대한 차가운 거절과, 아직은 완성이 멀지만 "화려한 불맛"을 통과한 "초벌된 작품들"의 "속마음과 소통"(「나 차마 말하지 못하네」)하려는 열띤 욕망이 양가적으로 서 있다. 상품과 초벌작은 바람직한 이행과 거리가 멀다는 점에서 명망을 엿보는 시인-도예가라면 "병 가득 물 속의 달"(「병에 길어 온 달」)을 긷는 극치의 미학을 먼저 꿈꿀 법하다. 그렇지만 나고음은 어딘가 깨지고 모자라서 완성될 길 없어 보이는 결여태들, 이를테면 "식은태"와 "귀얄"의 더미에 서둘러 눈길을 나눠준다.

1) 가마에서 꺼낸 도자기가／피시식 소리를 지르며／허연 연기와 함께／제 몸에 상처를 남긴다, 식은태(「내 몸의 식은태」)

2) 조심스러 담궜다 꺼내도 뚝 뚝 떨어지는 화장토가 그대로 말라 굳어 저 ㅏ만이 무늬로 남는다면(「귀얄」)

무정형의 흙덩이가 미와 실용의 "찻잔"으로 거듭나는 잠재성의 실현 여부는 막 빚어진 당시의 아름다운 형상과 독창적 무늬에 의해 결정되지 않는다. 불가마의 고열을 살고 견디는 흙덩이의 알맞은 점성, 도자기 고유의 빛깔을 살려주는 유약의 농밀한 점착성, 텅 빈 울림을 기막히게 실현하는 강도, 구워진 유약의 자잘하여 아름다운 파상적 빗금이 부재하다면 특히 도자기의 미학적 자기실현은 중도에 그칠 수밖에 없다. 그 순간 도예가의 손에 의해 마구 깨어지고 버려지는 비운이 도자기의 결정적 "상처"와 "균열"로 파고든다.

도예 현장에서는 고통스럽게 터져 나오는 삶의 비명을 두고 '식은태'라는 이름을 붙여 주었다. 그렇지만 이 예상 밖의 변화는 다행히도 『찻잔을 빚는 동안』을 우울하게 묻들이는 부정의 저류로 흘러들게 하지는 않았다. "자유롭고 소박하고 우연한 만남"을 가능케 하는 전시물의 행운이 찾아들었다는 것. 여기에 도자기의 미학적 역설이 있다. 예상 밖의 결과에 대한 예외적 영혼의 지속적 관심과 애정, 나아가 그것들의 다시 없을 재탄생에 대한 작가의 욕망과 의지가 없었다면 결코 맛보지 못할 행운이었을 것이다.

'식은태'와 '귀얄'은 전생과 흙이 접신하는"(「울음 전시」) 신화적 장소로 빌려주거나 바꿀 줄 아는 힘을 애초부터 또 하나의 운명으로 감추고 있었다. 도예가-시인은 그러한 신화적 잠재성을 "깜깜한 어둠 속에서 파랗게 번뜩이는／잠들지 않는 그 눈빛"(「Moonlight」)으로 은유하며, '깨어진 예술품'이 존재의 무게와 깊이로 폭발하는 순간을 풍요롭고 예리하게 포집捕執할 줄 알았던 것이다.

초벌에 깨졌으니 흙도 아니고 작품도 아닌
동강난 도자기가
온전한 작품들 사이에 당당히 전시되어 있다

깨진 작품에 핏빛 칠을 해
'태초의 폭발'이란 작품의 안젤름 키퍼
하얀 벽에 뜨거운 울음이 걸려 있다

불만 견디면 끝인 줄 알았더니
작가의 전생全生과 흙이 접신接神하는…

―「울음 전시」 부분

"울음 전시"의 황홀한 장면을 보건대, 섭섭하게 들릴지도 모르겠지만, 도예가-시인은 초벌작 파편들의 감춰진 운명과 주술적 재탄생을 세상에 드러내도록 안내하는 조력자의 소임을 다하고 있을 따름이다. 화려한 예술의 장에 "초대받지 못한 작품들"의 "버려진 쓸쓸한 뒷이야기"(「모퉁이에서」)를 알뜰하게 모아, 그것을 그렇게 실패하고 좌절된, 혹은 그에 대한 간접 경험을 다시 촉촉하게 눈 안에 담고자 하는 관객-독자들에게 안내하고 전달하는 것이 도예가-시인의 몫이었던 것이다. 그랬기에 나고음은 그 "만남"의 감격과 감동을 미학화하느라 바쁘기보다는, "식은태"와 "귀얄"의 파편들이 내지르는 목소리를 따라 "우는 것"은 "깨진 도자기"인가 "나"인가(「울음 전시」)라는 실존적 질문과 고뇌에 깊이 빠져들 수 있었다.

　아무려나 "초벌 끝난 연분홍 얼굴"을 매만지는 일은 아름답게 빛나는 예술품에 대한 기대와 고대의 진실한 행위와 거리가 멀다. 그보다는 "뾰루지처럼 돋은 상처"를 굵은 사포로 문지를 때 잃어지는 "돌가루"에 대한 슬픈 연민과, 그렇지만 산산이 흩어진 "돌가루"가 되레 "젊은 모차르트"(「모차르트와 함께 작업을」)의 찬란한 음조로 되살아나는 황홀함이 동시에 출현하고 조우하는 순간을 포착하는 작업이야말로 도예가-시인의 미학적 윤리와 예술적 의무에 해당한다.

　이럴 경우, 『찻잔을 빚는 동안』에서 특히 주목되는 '흙더미' 대상은 조선백자의 극치로, 또 무기교의 기교를 현현한 기물로 상찬되는 '달항아리'이다. "달항아리"의 절대미는 빈틈을 허락지 않는 조화와 비례, 균형과 절제로 상징되는 균제미에 의해 탄생하지 않는다. 사전에 정의된 대로, 매력적인 질감과 형태, 풍만한 볼륨감과 공간감도 "달항아리"의 미학을 부조하는 근본적 요소의 하나이다. 그러나 "달항아리"의 본원적 아름나움은 "불의 기익"이 에누리 없이 끄집어내는 그것 고유의 결여태, 곧 "군데군데 얼룩"을 가진 "이지러진 비대칭"과 "흠 없는 뽀얀 보름달 그 완벽"(「국보 309호 백자 달항아리」)을 비껴가는 아찔한 파행跛行의 삶에서 흘러나온 것이다.

　이 상징적인 "식은태"와 "귀얄"의 삶은 "돌보지 않은 듯, 돌본 듯"한 텅 빈 세계와, 그렇게 "다 내어준 시원함으로 가슴이 꽉 찬" 충만한 내면을 동시에 제공하는 "빈 것의 위로"(「빈 것의 위로」)를 현실화한다. 거기서 그 어떤 "두려움마저 달항아리에 담은 밤"의 열망과 "달을 낳"(「달을 낳다」)고 싶다는 사랑이 싹트며, 그 순간 "달항아리"는 폭력적 죽음이나 사건에 따른 우울과 절망마저도 담담히 받아들이고 감싸안을 줄 아는 다산성의 "달, 우물, 그리고 여인"(「달, 우물, 그리고 여인」)으로 변신하는 신성한 존재로 거듭난다. 다음 시는 제목은 다르지만 '달'과 '우물'과 '여인'과 '(달)항아리'가 어떻게 서로를 담아가며 하나되고 또 자유롭게 서로의 내부를 흘러가는 '월인천강月印千江'의 지경으로 예술화·신성화되는가를 유감없이 보여주는 미학적 실례 가운데 하나이다.

> 환기 미술관에 갔네
> 부암동 달을 가슴에 꼭 품은
> 그 곳은 달 박물관
>
> 달빛을 사랑하여
> 항아리에 물 가득 채워 넣고
> 달 뜨면 항아리마다 온통 달이 찼다며 좋아하던
> 그 날 처럼
>
> 해는 지고 어두운데
> 달이란 달은 다 화집 속으로 들어가고
> 하늘엔 달이 없네
>
> — 「항아리 속에 뜨는 달」 전문

한국적 추상화의 거장 김환기는 "닭이 알을 낳듯이 사람의 손에서 쏙 빠진"(김환기, 「이조항아리」, 1946. 2.) "달항아리"의 수집광이었다. 그렇게 모아진 "달항아리"를 눈과 손으로 매만지면서 그는 "미에 대한 개안이 우리 항아리에서 비롯되어 조형과 미와 민족을 도자기에서 배웠다"는 개성적인 회화론을 정립했다. 그랬기 때문일까. 그의 "달항아리"엔 예외 없이 매화와 여러 꽃, 조선 여인, 그것을 닮은 산월山月 들이 늘 함께 했다. 실물과 이미지를 오가며 방 안과 산 위로 둥둥 떠올랐던 김환기의 "달항아리"는 그런 점에서 누군가의 말처럼 강퍅하고 부조리한 우리의 역사 현실 속에서 한 순간, 한치도 좌절하지 않고 만들어간 세상에 둘도 없는 유토피아라 할 만하다. 이 점, 도예가-시인의 "달이란 달은 다 화집 속으로 들어가고／하늘엔 달이 없네"라는 찬탄과 질투의 말을 전혀 어색하지 않은 미학적 진실로 밀어 올리는 근원적 힘이다.

> 마음 후비는 그 소리 담아 와
> 흙물을 부어 풍경風磬을 만든다
>
> 가볍고 얇은 몸을 뜨거운 불 속에 넣고
> 맑은 소리 하나만 남기고 다 태웠다
>
> 어떻게 알았을까 내가 온 줄
> 졸고 있는 장곡사 마당에 혼자 깨어
> 바람처럼 달려온
> 쟁그랑 풍경 소리에 찔린 내 심장
>
> 낚싯줄에 꿰어 현관에 걸어 두고
> 마음을 씻는
> 여기는 작은 부처의 뜰
>
> ─「장곡사 풍경 소리」 전문

　나뭇가지, 새와 더불어 하늘에 둥둥 떠 있는 김환기의 "달항아리"를 떠올려 보면, "흙물을 부어" 만든, 텅 비어 충만한 절집의 하늘을 날며 "맑은 소리"로 쟁그랑내는 "풍경"은 그 자체로 또 다른 "달항아리"이다. 더군다나 "풍경"은 바람의 힘을 빌려 제 몸을 울리는, 바꿔 말해 일부러 자기 내부에 '상처'와 '균열'을 가함으로써 삿되고 오염된 세속을 정화하는 "작은 부처"의 필요성과 성스러운 권능을 널리 알린다. 그런 점에서 서로 닮은 꼴인 "달항아리"와 "풍경"은 예술적 인간과 종교적 인간을 하나로 잇는 성물聖物 자체이다.

이것들 속에 내재한 계율과 미를 모방하고 절대적 진리에 참여함으로써 우리들은 비좁고 모순된 현실을 정처 없이 떠돌기를 잠시라도 그친다. 나아가 "맑은 소리 하나만 남기고 다 태웠다"라는 구절이 암시하듯이, 거룩한 세계나 완미한 실재의 시민으로 참여하는 지복을 누리게 됨으로써 우리 자신은 "달항아리"와 "풍경"으로 변신하는 정신적·예술적 생명을 자유롭게 구가하기에 이른다. 따라서 『찻잔을 빚는 동안』에 이름 없는 도공과 김환기로 대표되는 예술적 인간형과 더불어 신의 제단에 제 목숨을 기꺼이 바친 순교자, 곧 종교적 인간형이 생생하게 현현되고 있는 것은 우연 아닌 필연일 수밖에 없다.

평범한 세속의 원리를 따른다면, 권력과 부를 거머쥔 채 입신양명과 무병장수의 명예를 한껏 누리는 것이야말로 자아의 존재성을 번뜩이는 성공의 마지막 지표에 해당한다. 『찻잔을 빚는 동안』에서 이 기준을 충족하는 인물을 찾는다면 유명, 무명 작가의 탁월한 예술품을 잘 모아 감동의 전시물로 남긴 재벌 이건희 회장 같은 분이 될 것이다. 나고음이 기리고 노래한 종교적 인간형들은 적으나마 권력과 부를 누리기는커녕 신이 주관하는 영원성의 영토에 들기 위해 자신에게 원래 주어졌을 명줄에 온갖 상처와 균열을 가한 인간형이라 할 만 하다.

　　1) 낮은 언덕에 자리한 신비로운 세도나 성당／나선형 계단을 가만 가만 내려가면／미처 몸을 따라가지 못한 영혼들이 웅얼웅얼 모여 있다
　　（「세도나 붉은 눈빛」）

　　2) "나를 모른다고 해／어서 나를 밟고 지나가, 더는 볼 수가 없구나／쇳조각 달린 가죽 채찍으로 내가 매 맞고 피 흘리던 때보다／더 견딜 수가 없구나"（「103위 성인」）

3) 나무껍질, 과즙, 녹물, 흙물로 색을 입히고／버려진 천이나 시신을 쌌던 천, 꿰맨 조각이 많을수록 귀한 옷(「누더기 옷, 가사」)

    종교적 인간형들이 세속의 욕망과 명예로 치닫는 폭력과 죽임의 광기에 맞서 "끝없이 둥고 넓"은 "하늘"로 오르는 "가난"(「나는 가난을 벗었다」) 벗기, 비유컨대 "거침없는 한 획"의 "한 생生"(「하늘에 그린 수묵화」)을 담은 "달항아리"로 승화될 수 있던 까닭은 다른 데 있지 않다. 엘리아데의 말처럼, 종교적 인간들은 현실에서의 실패와 죽음조차 모범적인 신적 모델을 모방하고 재현함으로써 '근원의 시간'을 회복한다. 그럼으로써 무의미한 변화나 퇴색함이 일절 없는 '부동不動의 시간'과 '영원성'을 살게 되는, 존재와 생의 가난 벗기를 성취하게 된다. 이 종교적 원리를 대변하는 구절이 "쇳조각 달린 가죽 채찍으로 내가 매 맞고 피 흘리던 때", 그리고 보잘것없는 자연물과 버려지고 죽음의 냄새 물씬 풍기는 천 조각들로 꿰매진 "누더기 옷, 가사"인 셈이다.

    그러므로 더러움과 초라함, 죽음으로 얼룩진 천 조각을 피투성이 메마른 몸에 걸치고 존재론적 "사유의 방"에 들어 "광활한 우주"를 자유자재로 넘나드는 최고·최후의 인간상은 "78호 백제의 미소"와 "83호 신라의 미소"(「광활한 우주, 사유의 방」)에서만 찾는 것은 오히려 부끄러운 행위일 수 있다. 그렇기에 도예가-시인은 "반질반질 때문은 담요 속에 큰 사랑 둘둘 말아 감추고"(「담요 제단」) "나를 밟아라"(「나를 밟아라」)라고 외쳐대다 끝내 "무참히 목이 베인", "몇 생을 돌고 돌아 별이 된 아름다운 분들"(「103위 성인」)을 마음 깊이 기리며 그들에게 공손하게 머리를 숙였던 것이리라.

    이와 같은 신적 모방, 예술과 종교의 거룩한 통합이 있어 도예가-시인은 "둥글게 내 안에 머무르라고／뜨거운 햇볕 속에서 세상 모든 말을 익힌" 달디단 "포도"를 마침내 두 손에 받들게 된다. 캐나다의 '모드 루이스'와 같은 장애인 화가의 몫으로 먼저 돌려지고 있다. 음흉한 세속에서는 불완전한 삶의 표상들인 이들은 그 포도를 알알이 씹어 삼키면서 '어둠'으로부터 '밝음'으로 이행함으로써 완미한 존재이자 각별한 미의 상징으로 새롭게 변신하게 되는 것이다.

> 그녀는 어느 푸른 창가에 앉아 그림을 그리고 있을까
> 부끄럽진 않아도 불편한 신체장애를 가진 루이스
> 어둡고 작은 오두막집 窓은 비밀로 열린 통로
> 창으로 들어오는 캔버스에 가난과 외로움을 섞어
> 다리 너머 진흙 밭, 튤립, 꽃밭의 고양이, 그늘 아래 누운 소……
> 높고 그리운 세계를 그렸다
>
> —「햇볕 캔버스, 루이스」부분

비록 상상과 상징의 미학을 통한 것이지만, "신체장애를 가진 루이스"들은 오염된 현실의 문턱을 넘어 "높고 그리운 세계"로 진입함으로써 "손바닥 만한 판다 그림"이 가져다준 여유로운 '밥'과 '자유'(「햇볕 캔버스, 루이스」)를 만끽하게 된다. 인용 시편에 벌써 뚜렷하지만, 그 유토피아는 현실적으로는 "지면서도 피는 동백"(「지리산 봄날」)의 장소이며, 미학적으로는 "본래의 모습, 본태本態의 비를 가장 아름답게 나타낸 것들"(「안도 다다오와 비」)이 웅성거리는 세계이다.

도예가-시인은 이곳을 새로이 밝힐 "까만 원석"(「내 나이 스무 살에」)들로 "얼룩이 무늬가 된"(「국보 309호 백자 달항아리」) 약자와 소수자들, 이를테면 독일의 "슈톨프슈타인"('걸림돌')에 죽음으로 새겨진, 나치에 "상처 입은 영혼"(「늦은 전언」)들, 자코메티의 "청동조각 '걷는 사람 Walking Man'"을 닮은 "갓 건져 올린 미역 줄기 같은" "정글 속 아스맛족族 아이들"(「자코메티의 묵상」), "완전 연소된 사랑" 때문에 "흩어져 바람에 날린 뼛가루들"(「하얀 재로 남을」)로 휘날리는 "게이"('동성애자')들을 눈 시리게 주목한다. 이들은 존재의 자존을 건강하게 살아내고 그 심층을 파헤쳐 새로운 존재 탐색과 발견에 이를 때야 비로소 "종교적이자 동시에 문화적인, 보다 높은 생명"(엘리아데)의 위상을 간신히 인정받게 된다.

늘어진 가슴과 접힌 뱃살
여성적인 성적 매력에 익숙한 누드화와는 달리
동네 목욕탕에서 본 듯한 친근한 모습을 한
수잔 발라동의 두 여인을 본다

고개를 떨구고 수심에 찬 얼굴로 앞에 앉은 여인을 위로하고 있다
남의 시선에 상관없이
마치 경험한 적이 있는 아픔인 양
서로의 시선을 피하지 않는 담담한 시선

―「그녀의 누드화」부분

아니나 다를까 도예가-시인은 '높은 생명'의 문턱에 도달한 하위주체의 일
례를 숱한 아픔의 경험을 온몸에 새기고 있는 "친근한 모습"의 가난한 여성을
통해 발견하고 재현한다. 그녀의 "높은 생명"의 세계에 대한 존재론적·미학
적 입사식이 자아의 '영적 성숙'과 깊이 연관되어 있음은 "서로의 시선을 피하
지 않는 담담한 시선"이라는 대목에서 어렵잖게 찾아진다. 여러 한계로 점철
된 우리는 프랑스 화가 "수잔 발라동"과 도예가-시인의 예술적 조형과 안내에
기꺼이 참여함으로써 존재의 진정한 차원을 드러내는 '신참자', 그러니까 고
향도, 신분도, 이름도 모르는 그림 속 "두 여인"과 온몸으로 밀착하게 된다.
　시집 『찻잔을 빚는 동안』의 독자인 '당신'과 '나'는 '높은 생명'의 지평에 떠오
르는 "달항아리" 인간형과 나지막한 대화를 나누게 됨으로써 그들이 나눠준
새로운 차원의 '앎'을 가진 자이자 '예술적 신비'를 경험한 자라는 내적 성숙을
살게 되는 것이다. 나고음의 시가 보여주는 이 타자성의 시학이야말로 이지
러져 더욱 열리고 깊어진 '비내칭'의 "딜항아리"에 결코 잊을 수 없는 흔적으
로 남겨진 가장 아름답고 위대한 손자국이 아닐 수 없다.
　도예가-시인은 '지금 여기'에서 느릿한 걸음과 여행이 빚어내는 범속하여
더욱 의미 깊은 "달항아리"의 발견과 내면화에 골몰하고 있는 것으로 보인다.
이와 관련된 시들인 모인 4부는 "흩어진 꽃잎을 찾아서"라는 이름을 달고 있

다. "흩어진"이란 동사는 분분히 휘날린다는 뜻이든 어딘가로 뿔뿔이 달아나는 격절의 뜻이든 "꿈의 무덤만 구멍 속에 외롭다"(「덕적도 추억」)는 소외의 정서나 근력이 소진된 "사방팔방 갈퀴 같은 손"(「바람이 그린 그림」)이라는 아픔의 이미지와 친화한다. 그렇지만 도예가-시인은 이 뼈저린 아픔과 한계에 붙들리는 대신 인공물 "시멘트 벽"과 대자연의 "비"가 서로를 실현하거나 "매달리고" "떨어진" "꽃"들이 서로를 고요히 사랑하고 슬퍼하는 포옹하는 상호 타자성의 순간에도 사려 깊은 눈길을 아끼지 않는다.

    1) 무채색 시멘트 벽도 이리 따뜻할 수 있구나／기와지붕 곡선 아래의 검은 석벽을 캔버스 삼아／사륵사륵 흘러내리는 비／완벽한 설치 미술 (「안도 다다오와 비」)

    2) 매달린 꽃도 떨어진 꽃도 충혈된／외롭게 피고 지는 고요가 겨운 자리(「지리산 봄날」)

이 자리에서 "달항아리"의 비대칭이 낳는 또 어떤 "붉은 꽃잎"을 피우는 "나무"와 "붉은 사연"을 추억하며 사는 "사람"이 태어나고 자라날지 궁금하다. 그러니 또다시 빚어지기 시작한 '찻잔'들이여, 맞은 편 대화자에게 그것들에 다양한 언어와 감각의 찻물을 담아 대접하는 도예가-시인이여, 찻잔을 빚는 동안 차 꽃을 맘껏 피우시길 바라마지 않는다.

나고음

경남 마산 출생. 서울교육대학교 졸업. 단국대학교 교육대학원 미술교육과 졸업.
2002년『미네르바』로 등단.
시집『불꽃가마』,『저, 끌림』,『페르시안 블루, 꿈을 꾸는 흙』,『그랑드자트 섬의 오후
로 간다』. 에세이『26 & 62』. 동시집『사이사이 동시』(편저). 저서『유아미술교육학』
(공저),『마음을 여는 미술활동』(공저).
1988년 인사동 관훈미술관에서 첫 전시를 시작으로 2025년 현재까지 개인전 2회,
해외전 9회, 그룹전 100회 이상.
황조근조훈장 수훈. 서울시 문학상, 바움작품상, 한국시문학상, 숲속의시인상 수상.
한국시인협회 회원, 미네르바문학회 자문위원, 가톨릭문인협회 이사.
개나리장학회 초대회장.
E-mail: nawabi78@naver.com

찻잔을 빚는 동안

2025년 5월 30일 초판 1쇄 발행

지 은 이 · 나고음
펴 낸 이 · 최단아
편집교정 · 정우진
펴 낸 곳 · 도서출판 서정시학
인 쇄 소 · ㈜ 상지사
주 소 · 서울시 서초구 서초중앙로 18, 504호 (서초쌍용플래티넘)
전 화 · 02-928-7016
팩 스 · 02-922-7017
이 메 일 · lyricpoetics@gmail.com
출판등록 · 209-91-66271

ISBN 979-11-92580-56-2   03810

계좌번호: 국민 070101-04-072847 최단아(서정시학)
값 15,000원

* 잘못된 책은 바꾸어 드립니다.